詩集

マッチ箱の舟

冨永滋

風詠社

マッチ箱の舟 ■ 目次

マッチ箱の大きさのマッチ箱
容器と容量の大きさが重なって
住んでいる

右に引き出されて
左に引き出されて他人を受け入れる

I

II

III

I

悪事

首の長い建物
首の長い木
緩んだネジ穴のどこかに
山越えの道が隠されている
午後になって
朝のコーヒーを
半分飲む
残った生ぬるいコーヒーが
冷めたコーヒーに変わるまでの半日
悪事であることを忘れている

壁を通る海と帆のコントラストに溺れていた
スライスされた無数の穴が
別の場所に定まろうとして定まらない
カーブミラーに別の場所が映り
痩せたストーバの前で
痩せたリュックの人が会釈している
しきりに会釈している
ルンタが山頂の雪に吸われそうだ
目をそらす
ミラーから箸が伸びて
青ネギに刺さる
穴という穴で
冷めたコーヒーを飲む
現世利益の
遅い午後となる

伴侶

水に思えたが
すぼまって
引き込まれる
きみは入口
押されるまま窪む
窪んだままめくれる
たぐられ
かぶさり
連続してやわらかい幾何学の
ドーナツになる

汗に思えたが
息すらできない
それでも
きみの潤滑を潤滑として喜び
喉の渇きに苦しみ
微熱がもたらす唾と尿の混濁に喘いだ
きみはそれ以上に指や口を費やした
まだ生きている
こうして密着したきみと老いて生きる
ジンガロの騎馬に欲情を踏まれる
規則正しい痛みを四肢の沈黙から授かる
背と背を手で結んで転がる刹那
手を離したモーケンは
ピンホールに射す星型の太陽を仰ぐ
赤い星型の曙光

断崖から濃紺の水面へ
鋳物の海へ
鋼鉄の海へ
セロファンが裂け
暗い原色が溢れ
カボチャの皮に収斂する海水
表面に思えたが
波が寄せて
くちびるに海を感じる
きみが初めて感じた海は
こうしてきみと最後に感じる海だ
耳に触れる液体
濡れた瓦
乾いた瓦
水に思えたが

きみは入口
きみは出口

隻手の夢

たとえば
ネガフィルムの余白
何も写っていないコマの
曇天の明るさ
目をあけて見ている
そうした結末以外にないと
しかし時が満ちてどこかに雨がふる
金網の雫にウィンカーの黄が囚われる
目をつぶって見ている
雨が濁流に変わるまで

指紋でフィルムが汚れるまで
体をよじってまどろむ
しだいに水の喧騒から遠ざかるのに
寡黙な水圧が沈殿の速度を支配していて逆らえない
投げ込まれたカルキがボムボムと弾け共に沈む
仰向けになって無呼吸の浅い水底をなす
踏切だろうか
故国山河が流れている
頭上を隻手の影絵が動いて行く
細長い手がフィルムを遡る
泥水が透け魚の腹が走る
脱落した明るさ
掻き消された主語と述語
行方不明の片手を
片手がまさぐる

鉄橋だろうか
あの音が聞こえるのは
朝なのだろうか

箱庭

箱庭から女が上がって来る
入れ違いに男が下りて行く
殺してやる
殺されてやる
どちらも誰か判らない
水の詰まったホースが床を這う
水の詰まったホースのように
人はついに悪人であることに思い至らない
キュビズムの平方根を掘る男は
凡夫である

理屈っぽいのよね
女にしてみれば
それは鼻につく男の美意識
しかし鼻をつく女の美意識
その証拠に押入れの関節人形は
太い根拠に繋がれている
太い毛根から毛が生えている
毛の生えた合理性
毛の生えた合理化に血は通ったか
選別し選別されたのは男か女か
苦渋の選択を全自動洗濯機に一任しなかったか
女の欲は自己中心的であるが故に正しい
男の欲は自己優先的であるが故に卑しい
他人を利用するな
他人の思想を利用するな

なぜ表現したいのかいったい何を
水の詰まったホースに砂が付着し
払っても払っても砂の属性は払拭されず
殺してやる
殺してやる
箱庭から男が上がって来る
入れ違いに女が下りて行く
どこかでサザンカが
メジロがサザンカに
どちらも誰か判らない
物はいいようイイヨーッイイヨーッ
いいなりの
物いわぬ世界
だから歯のない顔で食らいつく托鉢の歌に
ジュギ・ジャントラのヒョウタンは共鳴する

ハスの花のサリンジャ
ドトラ
カマック
コル
ドル
ダク
カンジャリ
バイナ
ジュリ
バンシ
しッ
しッ
箱庭から聞こえて来る
しだいに語尾の吐く息が強く
しだいに語尾音だけが強く

運動会

ここにも山
ここにも空
マッチ箱を出て分け入る
分け入ると
またすぐに出て
人の中へ分け入り
またすぐに出て
白線をかなりオーバーする
つられて並んで出てしまった人を
アナウンスが制止する

ここまでの白線まで下げる
ここからの白線まで下げられ
下がりながら
つられて出てしまった人とは並ばず
下げられる人の中をもっとずっと外れの
フェンスまで下がる
花壇に続く砂場
雲梯
埋まった廃タイヤにリタイヤして坐り
野球帽を目深に直して日を限る
空でもない
山でもない
毛も皮も
蹄すらない小学生の虚弱な足
似通った体操服が

低い視野に混み合い遊ぶ
揉み合ってハンカチが落ちる
手が拾う
またハンカチが落ち
また手に拾われ
全体がそれぞれの
遺失物になって散在する
疲労した時間は白線を乱し
境界はすでになく
失われた助詞の反復が
を出て
に入る
まで分け入り
から分け出る
つまり

糸に吊られた万国旗が
ただ風に戦ぐ
一日である

わが髭わが舌

いずれ死ぬる日
　それは
　われとわが別れの日
額ずいて恭しく冬蜂の翅を捧げる
　そうか自分との別れか死は
その羽音が焼かれるように響くとすれば
どこかで時計が引き剥がされているのだろう
異界の人の紫のくるぶしが宙を登る
帯電している
空っぽの容器も傾ければ零れる夜

両手に埋没して蠢くわが髭わが舌
違和感の部屋ごと
タグボートに曳かれて行く
と思うのである

逃げるマスク

金の切れ目の縁で
つながった
小さなマスクの男と
大きなマスクの女が
猛然と早足で歩いている
ドアから出てドアに帰る
それだけの
たった二人しかいない人間関係を
凍った夜の街に展開するそのために
女は小さな嘘をいい

男は大きな潔白をいう
この世のあらゆる死角にひそむ第三者が
トラブルをねじ込みに来るだろう
入り組んだ結界に冷えた腕を垂れて
おれを殺そうとするだろう
だが相手の殺意を感じるとき
同じ相手の殺意が自分にある
自分には動機ありといえば相手は無実でなく
相手には動機ありといえば自分は無実ではない
メビウスの帯が一巡している
だから急げ見るな何も見るな振り向くな
女は凍った路上の男の対人関係を
認め
恐れ
それゆえに

女は女の受けた第三者からの暴力を
第三者ではない男に対して語る
猛然と早足で歩きながら
告白したあと黙っている
まっすぐ黙っている女は
横にいる男にも必ずそれがある
といっている
金臭い血
発芽する出来事のクギ
マスクの内が蒸れる
マスクの口が凹み
ハアハア行く

不在であること

昼も夜も
背丈より高い影が
生まれては消え
消えては生まれ
手を合わせて拝むが
長過ぎた夜も長過ぎる昼も
時間的には
合わさった手の左右に
指がわずかに出入りするだけの推移しかない
廊下の奥に誰かがいる

長い影が届く
逆光に縁どられた宇宙服の存在は大人であろう
砂漠の天体がサンバイザーを覆っている
軽い失望を向けると
ポスターがあり
塗りつぶされた似顔絵があり
長過ぎて折れた衝立の影の根元には誰もいない
真っ暗なベランダから昼の影が射す
影の子供は竦み上がる
矩形が円形に切れ込む
風が吹いてレースの葉が揺らいでいる
手を合わせて拝む
入れ替わって誰かが出て行く
入れ替わった場所に日が燃え
檻の影が現れ

檻の格子の影全体が
廊下全体に
回転し始める

窓の表情

深夜
女は脅迫から醒めた
取り返しのつかぬ行為から息を
吹き返した
殺したようであり
殺されたようでもある
動機はない
面識も
恐ろしい感情だけが残っている
泣き出しそうな窓を補強する亀甲の針金

吐き戻しそうな便所の穴と水道管が
廃墟の記憶を隔てて居並ぶ
廃墟に続く廃駅の敷石を逃げた
敷石のレールを跨いで追いかけたようでもある
屠殺の重量に耐える広軌
広過ぎる広軌
狭過ぎる狭軌
破裂した水道管で敷石は水浸しになる
だが瓦礫を下りて飾り窓を覗いた
閉め忘れたカーテンにゼラニュームが溶けている
毛むくじゃらの腕がカウンターの上
カットグラスに濃い過去の液体を注ぐ
そこから水浸しの写真に希薄な虹を描く
油膜が伸び
分散した虹の色が

それぞれ固有の色に立ち返ると
白い露わな肩の艶となり
肩に浮かぶ丸い唇となり
待っていた肉体が
横たわる
生きた女優のようである
死んだ女優のようでもある
あなたのことはほとんど知らない
自分ではない自分
他人ではない他人
触れたこともないのに
肌から離れない

夏とホック

白紙に戻そう
夏が終わってしまう
ホックが外れ
肩が尖る
不機嫌に肩甲骨を脱いで見せる
不意に輝く難民の子のように
痩せて浅黒く
年上のくせになぜこうも幼い
肩紐のないブラジャーをひけらかす
マネキンのふくらみにふさわしい布形が

ふくらみきれぬ胸をひと回りして悲しかった
ガードルの解れた刺繍が痛ましかった
褪色は貧しい
洗いざらしの空腹
赤い畳
寸暇を惜しんで壁と壁に挟まれた
日傘を持たず差しもせず閉じもせず
街をのがれ階段の音を立て
真昼の言葉が出て行く手前の
心細い翌日を互いに眺めた
ガリバーの太陽が渡る
だが白紙に戻す
ホックを留めると
夏が一瞬に
終わってしまう

椿

金堂に日が照って
引き返す
空耳に呼ばれる
大きな声がする
渋った雲の離れた空は異様に明るい
放射状に藍染の澱が暮れて
夜の繊維の肺に貯蔵されつつある
大きな声が止まない地蔵の横で呟くどうか助けて
道が曲がって見えない坂を曲がる
曲がった先に坂に遮られる母親がいる

そんなことを考える
椿の花に日の絶える赤が群れて一心に赤い
荒れた丘へ続く藪に消えかける母親がいる
そんなことを考える
空耳に呼ばれる
空耳に応える
大きな声がする

時は春

仮に営む
正式には
行行子の仲介で
うるさく汗をかいて
仮祝言ではだめだ
約束した六月には雉を迎えて
不動明王の始まりの終わりから
虚空蔵菩薩のシュの終わりが始まるまでに
とそういい張るので
仮祝言が五月にずれ込む頃

蝉しぐれの七月は正式な六月を草で蔽う
トンネルの彼方に
八月の嗚咽が突然来て
立ち上がる死者這う生者
人間はただ遭遇して
ありとあらゆる無言の場所で泣く
ただ悲しく声を上げて
生きる時が来る
苦しく
生きる
時が来るのだ

II

冨永滋詩集
マッチ箱の舟

ピパが通る（三社参り）

triangle spots of local shrines

木嶋神社

老婆は娘の母である
老いた母を連れた
老いた娘
老いた娘も母であり老婆であるが
二人して木嶋坐天照御魂神社に座る
二つの生きた石碑のよう
三柱鳥居の天辺が少し見え
故郷は見えない海の向こうであろう

老いた母は呂律が回らず
舌がもつれて吠えるばかり
祈ろうとして吠えるばかり抑揚ばかりの祈り
老いた娘はそれを宥めているのか
母親の肩で調子を取りつつ子守唄のあやし口調で
共に拝む
墓も卒塔婆もクズの葉の群落の彼方
彼方の内から外へ口と目へ込み上げて来る
誰が泣いているのだ
泣いているのは誰だ
願いが叶うほど強く願った人間はかつてない
湧き水が人間から湧いている
死の悲しみが生の悲しみであるならば
生の愛しみを死の愛しみとしなくてはならない
だがみくまりの地の水は枯れ

水源はもとより山よりのみくまりも絶え
棒は倒れ
対称性は破れ
日常のどこにでも宇宙が覗いてしまった
日常のどこにでも彫り出される孤独
彫り出される人間の
乾燥と汗

板金工が手を洗う夕時となり
憎しみが夫婦となり
憎しみが親子となり

板金工が手を洗う夕時となり
憎しみが夫婦となり
憎しみが親子となり

梅宮大社梅津六斎の喧騒に
夫婦で行くか
親子で行くか
神楽殿

暮れなずむ神苑の遥か頭上に
サギ舞い眠る
暮れ残る浄瑠璃の空に咲く
モクレンのよう
沈黙のモクレン白木蓮

沈黙の下の人間
ビー玉をブチマケタ
梅宮大社梅津六斎の
喧騒に
夫婦で行くか

親子で行くか

梅宮大社

弁当を晩飯にしてよ、と朝告げて
そうした準備が整って
赤い日の中に出る
土手は強烈な西日が差して、暑いの何の
暑くさえなければ
こんな美しい草と空の光景はあるまい
草の影が濃く長く、その影にこめかみを切られる
夕日に立ち上がる、夏の死者たち
喘ぎながら、見知らぬ人が、逃げるように走って来る
そこも休憩せずに、その先の円筒分水からコースに上がる

土手である
影が伸びて、すっかり覆われている、影の中に立って
まだ暮れない青い空と
赤味が差した川面と、対岸の建造物、遠くの塔
さらに遠くの山の空気まで見る、美しい
六斉は19時からだが
拝殿の裏手にある森に舞うシラサギを見るには
日暮れ前に行かなくては、と焦る
すでに縁日で賑わってる
拝殿を囲んで長椅子が設けられ、横手の一つが空いていて
そこに座る、すぐに水筒の氷水をがぶ飲みしようとするので
カキ氷買うておいで、と５００円渡す
去年の印象では、神殿の背後の山の樹木に限られた
非常に高い空の囲みに
ほとんど真上に、サギが飛び交う、そんな記憶である

今年あらためて見ると、さほど高い位置ではない
背後に山はなく、吸いこまれる程高い木立の空間でもない
が、シラサギが遊ぶようにその頂きを飛ぶ
顔を上げて見ていると、それは次第に見上げる程の高さになり
次第に真上の高さになる、十羽もいるだろうか
暮れ残った薄い青空
狭い空間だが、頂上である
その上は宇宙である
涼やかな天女の舞を見ているような時間は
しかしやはり来るのが少し遅かったのか、すぐに暮れてしまう
開演の口上が始まる頃には
かすかに白い姿態がじっと枝にあるのが分かるだけである
しばらくするとそれも闇に紛れて見えなくなる
演目は、どこの六斉も大して変わりがない
技の巧拙も変わりがない

ただ、こうして夏の終わりの時間を、神の前で皆で共に過ごす
この町内の人間でない自分もまた、共に過ごさせてもらう
庶民の時空の日本的な転換方法なのである
転換点には、おのずと見えなくなる部分と
まだ見えていない部分とがあり
観念しなければそこを通過出来ない
笛太鼓が、不安を駆り立て、不安を祓う
一時間の演目が終了し
本殿で拝んで、縁日の照明と喧騒の流れに揉まれる
罵声がする、怖い顔が若い香具師の形相に重なり
電球の前で鬼になる
夜の道をどんどん帰る
歩き馴れた道でも、夜は実感がない
どこに行ってるのか知らんが、連絡付かんと困るやろ
どこに行ってるの、と聞くと

いやまだ決めておらん、という答え
東寺に行ってるのか、と重ねて聞くと
いいやという
黙っている、そうやろな、東寺を思い付くようなら
こうはならんよな
最後は自問自答である

狭い露天の通路を、人を掻き分けるように奥へ進み、子供の大勢屯する楼門をくぐって境内に入る、お神楽や狂言の催される拝殿はかなり大きい、本殿を除くその三方を取り巻いて、四人がけの席が設けられている、すでに半分方、埋まっている、団扇がひらめき、小さな子が浴衣姿で遊んでいる、タコ焼きとカキ氷を交互に口に運びながら、暮れなずむ社の空を見る、妙心寺でお迎えの日に、同じ時間帯に見た悲しい空、お寺と神社では、１８０度、趣が異なる、知らずハイになっている自分に気付く、追加で、ヤキソバ５００円をまた買って来て分けて食う、本殿の裏手は、森になっていて、かなり高い位置に樹木の梢が伸びている、白いサギの一団が、ク

ルクルっと舞うように、集まって来る、ねぐらを確保し合っているようだ、水中の元気な魚のように、非常に機敏にターンして、梢の上空を、飛び回り回転する、しばらく続く、二十羽程、来ただろうか、太鼓が鳴って、七時からの開演、その頃には、暮れた灰青の空を背景に、ぼっと白く、もうモクレンの花のように、じっとなって、枝の高みに静まっている、遅れてアオサギの大きな影が来る

伏見稲荷大社

伏見稲荷
鳥羽街道に出て、南へ歩くこと、約10分、途中家内がコンビニで日焼け止め買って、都合15分、赤い幟、青い幟がちらっと見えたと思うと、もう流れる人込みの中にいた、何やねん、この人たちは、どうやら近鉄の駅から上がって来る人の行列らしい、派手な社殿が見え、正月のような賑わい、たくさんの店が並んでいる、思わず園田競馬場へ来たみたいと

いうと、園田競馬場を知らない家内も、同感という、すごいね、ここは、みな神経が昂ぶって、嬉しく、親も子も年寄りも、ハイである、日本人は幸せなんだ、と自然、実感する、方々の朱の建物に、取り巻かれる、朱の大小様々の鳥居の模型、出店で買う気が起り、顔を入れ、顔を出し、右へも左へも正面へも、拝む、ずるずると、写真でよく見る鳥居の並んだ参道へ踏み込む、延々と、参道である、コースから出て、材木並んだ場所に座って、オニギリ頂く、蚊が来て、慌ただしく、すぐに退散、昇る、昇る、段々を、スロープを、階段を、途中、踊り場のような場所に、茶店や売店があり、分岐し、上がり、また下がる、だんだん小ぢんまりした石と鳥居の社が、次第に所狭しとひしめき、一種異様な、ちょうど賽の河原の石塚をネガ反転したような、私物混交の神が並ぶ、いずれも何々大社と書かれ、大社である、これは墓なのだろうと、内心思う、外人も多い、異様に大きな尻は、女王蜂を思わせる、美しい顔もあれば、そうでないのもある、家内はすでに疲れている、登りが苦手なので、もうヨレヨレだ、顔に出る、頂上付近に民家があり、自販機があって、ベンチもあって、缶コーヒー150円、サービスする、高い、ほぼ二時間かけて、やっとこさ元の境内に戻ると、人波はさらに増えて、本殿に参拝する人の行列が本殿を取り巻く、拝殿では、伊勢万歳があっている、狂言はもう終わったらしい、六斎踊りはまだらしい、

しばらく、年の行った、いかにも古い、めでたい万歳師三方の掛け合いを聞く
・・・目の前を
・・・映画「生きものの記録」の白い、黒い、太陽の
・・・老人役の三船敏郎が、立派な身なりで
・・・あの横顔で、帽子を被り、鼻と眉と目の辺りが、半分透けて
・・・よぼよぼと、ゆっくり、過ぎる
・・・死者生者、集まっている

信ちゃんは死んだ

いつからいる
ひどく疲れた
会議がある
会議はどこ
出なくてはならないです
小さな紙切れの申請書
下の枠の印影が消えかけている
これではダメだと窓口の女がいう
印鑑を
見つからない

印鑑を取りに帰る
分からない
分からない道をどこへ帰る
死んだ信一君の奥さんの実家は確か桑畑の
頭に飛んだ顔が飛んだまま笑う
笑え
印鑑借りに笑えば
頭を下げて笑えば泣くより
筋違いの畑道
土壁
突然の雨
雨宿りした作業員
二人ともランニング
兄弟二人いる屋根の下の密度
泥水の水滴

蜘蛛の巣に散らばって
ポスターの角から
豚飼育場
「大声で申告するのは
納税違反です」
そうですか
あれもこれも

写真の夢

菜（な）の花か
何（なん）の花か
夢うつつ
吽（ん）のある景色

その場の時空の一切が
写真に閉じ込められている

キャベツの花らしい
光の圧迫

拡散

時間が透けて光となる一瞬の
無のためらいが写っている
確かにあったその証拠ともいうべき
過去の残滓
その輝き

目には見えない
見えないのになぜカメラを向けるのか
目に見えている大きさが写らないのはなぜか
目に見えてない大きさが写るのはなぜか

風が吹いたのか畑に
目が背いたのか青空に

死が夢を見ているこの安らぎ
死が夢を見ている生の尽きることはない
目に見える力の一切は
目に見えない力の一切
他力が来て
見えなくなる

堤外より

六月、まだ鶯が鳴いている
蝶もおそい。ふわふわ土手へ上がって来て、またふわふわ鉄橋の橋脚へ下りて行く
久世橋から北へ、嵐山までリュックを背負って歩く。桂川の堤外をひたすら歩いて、行って帰る。往復十九キロ、マッチ箱の憂鬱に染まりそうな退職者の、四時間半のささやかな抵抗運動だ、いや、やっぱ家出に近いか
・・・関節より、コブ出て、動く
・・・薙ぎ倒されし草、立ち上がるわが顔
・・・大根が盛られた、墓
・・・葱一本の水、染み出して、路上に黒
・・・身のきしみ、微かなさえずりに往く、睡魔

・・・あの山の一部がここにあって、この樹ふくらむ
・・・きらきらと眠たし、ありがたき、風のふところ
・・・雲を割る、雲

道すがら何かを見、何かを思い、歩いている。見過ごしたものばかり並んで、こちらを見ている。日に叩かれる、無力感を受け入れる、やがて朦朧としてふわふわ蝶のように昇りはじめる

・・・わがみみにきくのみならん、わがいいしこと
・・・ばとうせしのうてんにもみずゆきかう
・・・やみにひがてってバリカンのあと
・・・せいとしのはりあわさってるみちをゆく
・・・はりあわさってるあいだのうるおいとしての、じこ
・・・できごとのはしから、むし、おきあがってとぶ
・・・おおすべてまちがいだとそらがいっている

しかし、分け入ろうとすると、人のあいだに出る、分け入ると、出てしまう
詩が、自己と外部のあいだの一瞬のうるおいを閉じ込める作業とすれば

・・・無為なるや、ヤカン持ちて立つ、老人こそ、だ

・・・ああ思い出す、一度も思い出したことのない人を
自分と外部との間の、間というか、くうきというか、くっしょんというか、潤いが無く
なって、直接、じかに、見える、直接見えてしまう、同時に、何か言葉が出て、止まらな
い、止められない、そこで、ことばを止めると、失われる感じが、存在が、存在の、補填
が、必要、感受性が、流れ出して、外部が、直接、入ってくる、感じ

・・・路上這いつくばう老人の厚き靴下
・・・罵倒せし脳天にも水行き交う
・・・罵倒せし脳天にわが老人現れて去る
・・・罵倒せし脳天に路傍より（の）枝伸びる
・・・罵倒せし脳天に鳩腹ばいになっている

時間と自己は同一、自己と自己でないもののあいだの、潤いのようなもの、詩は、死も、
自己と他者のあいだの出来事、問題は詩であるかどうか、それだけだ
わたしはわたしである、ほんまに、そうか、わたしはわたしでないものとの関係において、

わたしである
・・・たえずぬけげとともにあるわが後半生
自己と外部の間のうるおいを表現する、というより、その欠如を補う、または修復する、
あるいは積極的にそれを再生する、といった行為かもしれない、詩を書くということ
つまり存在の「代替行為」のようなものではないか
すべての時間、すべての現実性は、わたくしが存在しようとする意志において成り立って
いる、詩を書く行為は、その存在の意志の不可抗力的な欠如、その破綻、その喪失に対し
て、一種の固有な（自由な）時間の中に言葉を押し留めることで、わたくしにかわって存
在しようとする、代替得行為として働くのではないか
もし潤いがあったとして、いまじかに感応しているうるおいは、いまたちまち消えてしま
う、まるで存在の意志が無かったかのように、常識の中に跡形なく埋没してしまう、生が
死に向かっているのと同じ意味で、その感応の時間をとどめることはできない
そういった時間と自己の喪失の、抵抗?、代替行為、代償行為、代理行為???
おやおや、くろねこ、草陰にじっと
きょうはものゆうまいとおもっていましたが、なんじゃ、わさわさと、でてきます

そのじょうくう、ややあかるく、そのじょうくう、ややくらく、あめもよい
やまのあたまだけ、ひかりがぬれて
しかし分け入ると、人の間に出てしまう
・・・やみに日が照って農道バリカンのあと
・・・かおいろよきおんなおとこのせでわらう
・・・畑にながきいろきゴムホース、ごぼうのにおい
・・・ひまわりの茎枯れてちにあり、白骨のごと
・・・橋脚に終日老人ボール投げる
・・・せいとしのはりあわさってるみちをゆく
・・・はりあわさってるあいだのうるおいとしてのじこ
・・・めのたかさのすずめ
・・・できごとのはしから、むしたちあがりて、とぶ
砂場、玩具、学童傘、学童帽
くい、鉄線
分け入ることは、人の間に出ることにちがいないのだ、と思う

・・・刈られ捨てられた大ネギの塚、存在感
・・・青く平に捨てられた大ネギの窪んだ色彩
・・・枯れ枝地面よりじかに立つ
・・・だいこん、にもられた墓
・・・あおいくさのうえのきいろいねぎ
・・・ねぎいっぽんろじょうに死にてそりかえる
・・・ひくいぐんらくからいっぽんのなのはな
・・・荒野突如農夫のラジオをならす
・・・ろじょうのあおねぎ（切り口）きょうはみずのごとし
・・・路上の切り口青ネギ水の如し
・・・畑には青きネギのかりあげ揃う
・・・やみに日が照って農道バリカンのあと
・・・みずこじぞう、取り巻く花も、供え花も、菜の花
・・・路肩に草盛り上がっている

・・・パラソルの下のほうれんそう一把百円
・・・わが老人のみけんはげてつややかにはっかんす

白線にミミズひからびてはや四月
白線にミミズ伸び縮みする
舗石にミミズ輾転と這い出して死ぬ
やさいのむくろにからしないきのびて生え、あざやか

西大橋の騒音

つうきんの列に側道ではさまれる
くろいじまんのしゃれたぼうし
転居したひばり、きょうもやかまし、きょうもげんきだ
これはネギ常のねぎ、か
青き布地、土に混じりて、カーペット、じゅうたん

たまねぎ
まだつばきあるも、あかいろあわし
みみずしだいにくろし
やまふくらみてたつ
かおいろよきおんなおとこのせでわらう
畑にながききいろきゴムホース
ごぼうのにおい

砂場、玩具、学童傘、学童帽
くい、鉄線
今日は暑いぞ
ああ領空侵犯、怒りっぽいあのとりは（ケリらしい）
しずかである
人の話が聞こえてくる、といった静けさではない

音が消されている、といった静けさである、おおきな静寂
とうふ売りのラッパ、おわんおわんと畑中のねこ
大きな茎枯れてあり、白骨のごと
橋脚に終日老人ボール投げる
せいとしのはりあわさってるみちをゆく
はりあわさってるあいだのうるおいとしてのじこ
めのたかさのすずめ
できごとのはしから、むしたちあがりて、とぶ
なまずさんらんす、あばれる水面

171国道線から廻って土手へ
スズメら公園で朝の食事、かしましい
ラジオ体操が聞こえる
唱歌「春の小川」に出てくるような懐かしく気だるい風景が、この河岸保全のための人工的構築物の一帯にも繰り広げられている、菜の花、小川、土手の草、桜

堤外人道橋から見る、芥子菜の群生は、盛りで、目に繰り広がって、眩しいほど見事だ
・・・まなざしのユクテ吸殻転がるをしるべとなす
・・・野ぐそに金蝿群がるをいましめとなす
・・・土手にバイク並行して時を刻めり
・・・やなぎたおやかに青める
・・・眠たき思考を通勤電車横切る
緑の鉄橋、打ち込み井戸
おもしろき瓢箪顔の女
・・・よその子をしかる乱暴な老人となる
昨日いつものように雀の餌やりに行ったのですが、えさをまいた縁石に、子どもが
あらふんだらあかん
しかりました
感情というものではないのです
にくしみもないのです
むかしこどものころの体験に出てきた無愛想な怖い老人

になったのだ、と自覚しました
たづこにもなつこにも
ではじめた言葉をとどめることができない
このこどもとおなじよう
どうやらげかいとのうるおいがなくなりつつあるようです
げんじつのものとしては、おそらく、しをかくというこういのなかにだけ、それをおしとどめる力があるのでしょう
こうかいがさきたたん、ということは、うつ病の傾向といえる、あとのまつり、とりかえしがつかない、云々、しかし、わたしは今歩いていいます
西大橋の橋上
何かわけの分からんものを、あるくことで克服しようと思っています、この交通量が現実との接点なのです

白夜

口だけになった口を
口だけになった口が吸う
青空のない敷布の波
誰の口か分からぬ口を吸っている
うねる顔の広がりの中の小さな口を吸っている
砂の上を砂が流れるよだれのように

開けてある窓のようなもの
開いている窓のようなもの

濡れる、尖る
息が上がるまで、何分間も
たがいの口と舌を動かし、吸い続ける

廊下で衣服を脱ぎながら、入って来る
激しく抱き合う、吸う、舐める、また吸う
全裸の汗が匂う、陰部を舌と口で攻める
相手も同じことをしようとする、それを拒んで、先に行かせる
何度も行く、行ったあと、思い直して
今度は指と口とゼリーを使って、こちらを立たせる、立って来ると
跨って、掴んで早く早くと急かす、掴まれて固まって棒を入れると
押し潰したような声を立てる
深いいとか、大きいいとか
勝手にいいい、のけぞり、うなだれ
こちらも合わせた唇から別の言葉を無理にいわせる

何時間経ったろう
疲れ果てて寝息を立て始める
やっと戻った、疲れの中でそう思う

上達している、どこでそんなに？
誰と？と聞くと
夢の中で何回も、という
隙間が生まれないよう弾力を上手に密着させる
上手に動かし、柔らかく吸う
舌を動かす、唇の裏側をヌルヌル味わう
隙間を作って唇で噛む
時に強く、時に遅く
時に押し返し、反発し
また吸う
舌を絡ませる、キスだけを延々と続ける

幸福感が満ちて来る
愛おしさが満ちて来る
顔形を越えてエッセンスだけになったような快感
下のセックスより、遥かに充足感がある
それでも相手を行かせようとする
行かせる
あの手この手で

昼休み
運動の後
また裸になって
色ボケになったように口を吸う
互いに舌と唇を使って吸う
何分も吸い続ける
むさぼり合う

硬くなって押し上げる
押し上げられる快楽が
彼女の内部を通って口から熱く洩れ出て来る
それを吸う
それを絡めて
また押し戻す
三回行った処で萎れた
時間が経つ
時間はどこへ失せる
雨が降りそう

ふくらまんじゅう

カルガモが眠っている
カルガモも夢を見るだろうか
雨のふくらまんじゅう
羽毛のふくらまんじゅうが雨の水面にある
無心が並んで映っている
手を放し
ここはひとまず
遠い本当の水面のカルガモの一本足に
頼ることにした

人は生きる
弱さに支えられて

隣は若い母親と若過ぎる幼児
釣りズボンの腰のあたりが三角形に割れていて
肌が見えるようになっている
日本人の黄色褐色の肌
ボテッとしている
だからどうだというのだろう
左隣は、年の入った夫婦
何か食ってる
ばあさんの方が、時々こちらを覗う
だからどうだというのだろう
スズメもカラスもハトもいない

落語は面白い
しかし面白いというほど
面白いものではありません

了解している
ただ了解している

法輪寺
拝んだ後、舞台に出て、欄干を前に背伸びをし、真上の空を見る、一番高い処がある、
下の雲からすると相当高い、いくつかの雲の層と、その広い文様の相違、その高低差、
高低差ともいえない程の絶望的な隔たりが、すれ違い、頭がその中へすっ飛んで行く、
大きな呼吸をしている、呼吸が流れて行く

クロもシロもバケツの中のカニさ

非常に汚れた人が、堰の堤防の端に寝ている
第四堰先の石のベンチ
もう、近づいても、逃げない、秋のバッタ
人は泣く
人は誰でも泣くという

みながそういう
どうしてもちがうとおもう

よくきこえない

くろんぼのさくらんぼ

見知らぬところで
神経の毛根に潜んでいる遠い知人たちよ

血は同じ傷口から出て行く
ここから出て行け

動物園

曇って風があり、寒くなる
ソフトを舐め舐め出て来た、甘い、実に甘い
鳥を見た
鳥はおもしろい
象を見た
象は哀れだ
自分のウンコを踏まぬよう
後ろ足でうまく避けて歩くのが哀れだ
同じコースを
寸分たがわず

足の位置を決めて
決めた足の位置を
ゆっくり何回も旋回する

燃えるように寒い

同時代に生まれた不幸
そうした言葉を若い頃から受け入れて
同じ時に生まれた喜び
なんて考えたこともなかったな
〇〇〇よ
足元に
夜の光が這い寄って来る
やや日が傾いて、赤みを帯びて夕方の気配、帰路は帰路、みんな仕事を終えて帰る、そんな懐かしさと、暮れて行く時間のふくらみ
汗をかくが、乾いてゆく、空が木々の緑を吸い上げ、青い光がさらに青く、静かに上空へ

動いている、それを見上げる、焦りがない
リュックを背負ったまま屈む
首に巻きついた振り子があらゆる角度から
ぶらさがり
作用点に集まり靴紐を隠す
あなたを立てましょう
あなたの悲しみを
立てて差し上げましょう
おびただしい荷物を身にまとって
それでもいくつかは必ず忘れて
舌打ちしながら出てゆくだけです
燃えるように寒い朝
さようなら

からっけつの君へ

問題は今日の雨
事実の中にいるかどうか
それが問題
しののめきたるまえ
のおのおのお
あいあいあい
近くのどこかでカラスが鳴く
からっけつの君は
無一文である証拠に
ズボンのポケットを前後左右に

全部引き出し
全部裏返しにして歩いて来る
両手を広げ
外人のように肩をすくめて笑う
日常生活のどこにでも
宇宙空間が開いている
石から彫り出されたような孤独
燃えるように寒い朝
人はばらばらに並んでいる

傘の中

雨に、傘さして、雨の音が、悲しい
傘の中から、子供の、後ろ姿が、見える
雨に、囲まれて、傘の中

サッカーボール

集合住宅の住人は
猫を殺す
決議して猫を殺す
毒殺する
屋上から落とす

風の道で
トイレに行った
ボールを蹴っている
はね返る金網の音がしている

手を洗って振り返ると
ネコが二匹
座っている
リュックを下ろして
フレークの残りを
枯葉の上に盛る
パンも少し千切ってやる
そこへボールがゆっくり来た
サッカーボール
ネコの餌の上で止まる
薄汚れたボールのロゴ
ボールへ、手が、黙って、現われた
黙って、サッカーボールを横へ、押す
殺伐とした、人間観が、伝わってくる
こちらも黙っている

私とネコの間を、無言の押し殺した時間が、過ぎた
大きな図体が、無言で、立ち去ってゆく
ネットの中で、ふたたび、一人で、蹴り始める
わかいにんげんの
冷血
血が通っていない

巻き取られる世界

鉄橋まで来て、通過中に出て、見上げる
鉄橋の終わり、電車、時空に、雪崩れ込む
鉄橋の終わり、電車轟き、消滅す
過ぎて行く貨車の音を
過ぎて来た貨車の音が
追いかける
燃えるように寒い朝

ああ眠たくなる

目の前の岩の上で
若いのが普段着でいきなり座禅を組んでる
川には船
今日は賑やかに通る
砂地に裸でいた外人が
これもいきなり川に浸かって泳ぎ始める
クロール
バタフライ
なんやねん
このおっさんは

そこへ白人の女が現れて
上がってきたおっさんと
うぇるかむつーあらしやまびーち
女を砂に座らせ切れ目なく
その間も目の前の座禅は続き
船が行き来し
冷めたおでんを食った
眠たくなる
きのうおそまでもめて仕事したから
出しなに
屋台の亭主の愚痴をきく
客がないのさ
中国人が多くて
何とかならんかいな
と、言われましても

ま、嵐山観光の半分は
中国人というべきですかな
いや、お金持ちの
冷めたおでんに興味ない
中国人というべきですかな
主、なぜかしら
そうでんねん、と

カメ
裏返しになって、死んでいる
血が出ている
釣り人の車に轢かれたのだろう
20センチほどある
証拠写真を撮って、立ち去る
何か変な後ろめたさがあって、引き返す

甲羅に触れると、足をじたばたさせる
やはり生きていた
しかしどうする
頭が潰れている
とりあえず水に返さなくては
なぜかカメというと水にいるものだという先入観がある
水に返すしかないだろう
しかし川はずっと下だぞ
おりれないだろ
カメを抱えて歩き出す
が、どうする
水だ水
茂みの中に農業用水路があった
草を分けている
かなり勢いよく流れている

川に突き出たヒューム管に注いでいる
投入れるしかない
ゴンと音がした
流れて暗渠に下り
見えなくなる
草から出て
川の出口を見る
ササゴイがいる
じっと見ている
証人のように

出てすぐ
連れが仕事のことで
妙なことをいい出す
間違っちゃった

松尾橋まで行ったのに阪急で帰ってもらう
鼻の下に玉の汗を溜めて
複雑な顔
不満そうな顔を見る
いや見たくない
中之島橋の下
アオサギが釣り人の傍に立って
じっと見ている
何を見ているのか
釣れるのを見ているのか
釣れないのを見ているのか
両方か
いや
ただ立っているのか
単に漁場が同じなのか

堰に増水した水が流れ落ち
ペットボトルやボールや材木が浮いたり沈んだり
激しい動きをしている
なぜ流れていかないのか
落ち着かない汗かきながら
くさい体で引き返す

仏の座　ホトケノザ

しいいい、ちゅういいい
青空を支える雲の一部が
焚き付いたように、せり上がって
出て来た雲をはるかに高く席巻する
刈り上げの後頭部のように、変な形になった
台形の逆さま
大いなる日陰というべきか
道路も、空も、街路樹も、電線も、くっきりと夏に乾いて
影の外側で結晶している

あれも、これも
詩の行為とは、嘘を書かない、という行為である
したがって、詩の作為とは、事実の再構築である
岸の草は、べったりと漬物のように、泥に倒れたままだ
風を下さい、ギョウギョウシさん
事実と呼べる出来事が、人生には一体、どれ位あるだろう
詩の行為とは、嘘を書かない、という行為である
したがって、詩の作為とは、事実の再構築である
しかし、事実と呼べる出来事が、人生には一体、どれ位あるだろう

憎んでいるんだろう?、なぜ彼を助けるんだ?(サンが訊く)
彼を憎むのは、私一人で充分なのよ(ユン・スルが答える)
公園の地下に、水の音がする
タバコの吸い殻が、踏まれて、乾いて、散らかってる
口紅の吸ったあとが、フィルターに残っている

カヤが刈られて、干したように濡れている
小便をかけたような、朝の霧
セミの直下、無人、耳が痛むほど
子供の手に子供の毛が生えて夏
息苦しいほど、青い空
振り向くと、巨大な羽毛が、青空を掻き上げる

アリ、再現フィルムのように、動く
アリの分布
寺はいずこも同じ静けさ、同じ涼しさ

愛欲についてである
先日の喜びから今まで君は何を考えていたのか
先日の喜びが君に何をもたらしたのか
君には愛欲があるか

あるとしたら君の人生にどの程度の割合でそれは重要か
愛欲が生活に貢献しているか
愛欲で生活の質が変わるか
生活は喜びか
愛欲は君の生活に文学的性格を付与したか
家内は私への愛欲と家内自身への愛欲を持ち、育て、実現する
私は家内への愛欲と私自身への愛欲を持ち、育て、実現する
夫婦間の、愛欲生活である

すみません
あんなことしかできなかったのです
湯を沸かして塩を入れて、ウジにかける
被曝した人は、みんなウジが涌いています
今の人には分かりません

毎日ジョークを考えて、お前の妹の、気を引こうと
でも、彼女は、黙って見てるだけ
食べ残しを見るように

すべての不燃物が、燃えている
背後で煮えている鍋
廊下を行く、白い服の男、入口の空間を過ぎてしまう
誰だ、誰もいない、叫ぶのは夢の中か
自分を書かない
書いているのは自分だけれど
一つ一つの物事が、誰にも追い越されない内に、終わってしまう
スズメの声、確か

水も物も、人が嫌いなのだ
ヒマワリは、火事に遇ったように、枯れている

愛宕山の辺りから、青空が、切れ切れに、追いかけて来る
雲は、塩酸を浴びたよう
片や、青空
二度と決して解けぬように
願を掛け、睨み、きつく結ぶ、そうしておいて
三度目には、もう解けてしまう哀しさよ
橋上の人間、橋下のアオサギ、おのが、めいめいの、時間
太陽の、王
墓も、卒塔婆も、クズの香の、向こう
突然、内から外へ、口と目へ、込み上げて来る
誰が泣いているのだ
泣いているのは誰だ
願いが叶う、それほど強く、願ったことはない
神殿は、曇って涼し、汗をかく
赤みを帯びる、空は、雲の透き間に、情け、深く

何億トンの雲、思わず見とれる、声が出る
何事か、許そうとする、景色

時間の消えた、真夏のよう
ポリエステルに墨を吹き付けたような、不安
葉のない枝の、カリン、あまた
サングラス、外せば広し、水の痕
子を連れて、太腿黒き、姉の帽
軒先の、女、菓子舗の、ススキ見る
雲のサイの角、雨の中の青空
過ぎて行く貨車の音を、過ぎて来た貨車の音が、追いかける
耳と鼻を切り取られたアフガンの娘
顔の真ん中に
人間の穴があいている

物は落ちるのが好きである
物は上がる時はフワフワ寝ている
物は落ちる時急に目覚めて殺意を持つ
人の脚元に落ちてしまえばまたシンシン寝ている
水は人が嫌いである
水は拭っても拭っても拭い取れない
水は自由でいたいのに束縛される
人に囚われ洗われ汚される
水は人を憎んでいる、
水は嫌っている、人間を
水は自由でいたい、閉じ込められる
カチンと来る
どこから来る
人間はどこからでもカチンと来る
そんなに食べたいか

ガラス越しに光がサワサワ音を立てる
その音がそのまま壁に、部屋中に、細い秋の影を編む
影の音がする
目の前を
映画「生きものの記録」の白い、黒い、太陽の
老人役の三船敏郎が、立派な身なりで
あの横顔で、帽子を被り、鼻と眉と目の辺りが、半分透けて
よぼよぼと、ゆっくり、過ぎる
死者生者、集まっている
目をつぶると、キラキラする
ヒガンバナは、日陰に、人形劇の、地獄のテープの炎のように、あった
水の中の、柔らかい体
木の影の中の、影の草たち
日向に出ると、自分の影を閉じ込め
自分の影の上に、浮かんでいる、朝の植物

水道が、胸に溢れる
まだ胸の辺りに、水のような、息苦しさが消えない
この時間なのに、夜明け前のような、薄っすらした感じ
空は青いが、光が隠されている
何人の、生まれ変わりか、バッタ来る
泥の河、水鳥一羽、横切って来る
薄黒い雲から、脚が伸びている
何かが、昇って行くようにも、見える
龍か

テングサのような形が、空に、咲いている
視界に横一列、堰の水が長いタイミングで落ちている
時間がそこで曲がっている
私は、死ぬ前に、そういう目で見られたい
閉じ込められた、工芸としての美

工芸品が、そこから苦しい水のような盲目の美へ出て行くのは
俳句が俳句から出て行くより、困難であろう
切り立ち、純粋に磨かれたガラス
それだけで良いような、気持になる
鉦叩、闇のうちそと、貫いて

ポンプ掴む西院墓地の子の毛糸
セーターの手がポンプに伸びる墓所の隅
雪降るか墓所の一子が汲むポンプ
自分が道々何事かを語る時自分の中にその子がいる
その子が道々何事かを語る時その時はその子の中に自分がいる
どちらも相手を知りません
誰が墓の一子か真向かう凍てポンプ

分散し、青のみ残る、暗き川

鉄の柵の下の黒い川
黒い川の白い太陽
黒い川の中で下から上に照りつける白い太陽
監獄の檻の影
檻から私の半身が路上に出ている
皺寄って粉々になる白い太陽
耳に音がする
大きな雲
大きな災い

硬いのより甘いのがいいのかいと訊けば
硬いのより甘いのがいいけど
たまにすごく硬いのがほしくなると
どんな言葉にも飽いた人たちが

冬の外の廊下を行く
その履物が三味線のような音を立てる

刺激的な臭いの膜であるわれら
染み入る日、箔、散り散りに、水の皺
右足だけ雨の音するランニング
何事か終わった後の、風の後ろを行くような寂しさ
正午を過ぎただけなのに、辺りは、もう日没へ向かう身支度
何かが離れて行く気配
同じ場所にあったものが離れて行く

振り返ると
川面に一部青空が移り込んで周囲は暗く
また一部に白い雲が浮かんで周囲は暗く
仮想の窓を見るようだ

美しい
何事か終わった後の風の後ろを行くような寂しさ
正午を過ぎただけなのに辺りはもう日没へ向かう身支度

何かが離れて行く気配
同じ場所にあったものが離れて行く

虹がかすんで
灰色の空の上が
乳を吸う聖人のような濁った青をしている
広がり過ぎた空から雲が剥がれて
廊下の隅に縮小されて懸かっている
青山の裾の枯草色の中の声
罵声
ヒドリガモ岸に飛ぶもの残るもの

キャベツが斜めに割り込んで
川に雲が被さって
どんどん内側に捲られて手繰られて

人のいる場所の寂しさ
人のいない場所の寂しさ
夜の廊下を私の輪郭が歩いて行く
バタンと閉まる音
同時にバタンと閉まる音
仕舞い日の揉め事抱え娘来る
冬枕またハンカチの掻き消えて
背で匂うスイセンを背に隠し持つ
生きものが肉と皮と衣服をまとって生きもののまま出る
ペットボトルに箸を差し込む
ペットボトルと箸の長さは同じである

灰色の猫の背のように見知らぬ川の土手がある
灰をかぶったような裸木の山の細密過ぎてゆく
日が楕円形に集まって
その範囲に散らばって
しきりに鑿の痕を立てている
処刑場で
一番初めに会う頭蓋骨を
母として拝む
まだセイタカアワダチソウの小株が枯れずに少しある
しかし生きているような感じはない
ただ立っている、そんな感じに映る
冬は彼等も辛いのだ
耐えているというよりは所在なさげである
食べながら光のある方角を見る

社殿を取り巻く高い樹木が、何かを降らせている
スギ花粉か、何だろう
息苦しい位たくさん、大きな埃のようなものが降っている
雪、そうか雪なのだと思ったあとも、雪には見えない
身を起こすと
日光がまだ赤く成り切らない赤さで
河川を山を包む
ホトケノザ、畦の宙に、ムラサキ、放つ

Ⅲ

捨てる神あれば

詩を書く人たちの現在はどう動いているのだろうか、私にはまったく見当がつかない。詩学や現代詩手帳といった月刊誌は、まだ店頭に出回っているだろうか。思えば、書を捨てよ、と書いた詩人も亡くなって久しいが、彼の生きた年齢を自分はとうに追い越してしまった。陽は絶えず豪華に捨てている、なんて洒落たソネットを書いた詩人もいたっけ、あの人は健在だろうか。詩を捨てて十七年になる。

ここに「詩を捨てた」という人がいて、あちらに「酒をやめた」という人がいたとして、一体この二人にどれほどの差があるだろうかとあれこれ推察するに、たぶん本人たちが気にしている以上に気にする他人は誰もいないでしょう、とあっさり片づけてしまうのは、単純で分かりやすいが下心あっての話と受け取られてもいけないので、つとめて冷静に、傍観者の視点に立ってもう一度じっくり眺めると、やはりどちらの区別も判然とはせず、どちらも事件としてはいささか印象が薄いのである。してみれば、それほど詩の行為は個人的な出来事とはいえないか。これが一つの考え方だ。

しかし酒をやめた人の側に、たとえば酒乱でやめたとか、そういう事情の人を当ててはめてみると、にわかに人間模様が頭をよぎって、関係者ならずとも辟易するに違いない。つまり外部への影響が、じかに痛みを伴う程度になると、詩作も飲酒も、暴力の領分にぐっと引き寄せられる。そして外部、すなわち暴力の周囲には、必ずそれに対応する磁場のような負の力が潜んでいて、暴力と非暴力はたがいに密着したり離れたりしながら、好むと好まざるとにかかわらず関係を強化する。詩作にしても飲酒にしても、場合によってはそうした外部との関係を前提にしている可能性があると考えられる。腐れ縁という表示はあまり衛生的ではないので、リレーションシップという言葉を借りれば、確かに原始的なリレーションシップがすでにそこに形成されているはずである。別の見方をすれば、社会性と反社会性が同時進行しているようなもので、抜き差しならないと私は思う。洋の東西を問わず、教科書に詩人として名を連ねるほどの人物になると、自分一人でこの矛盾した二つの関係をドラスティックに内部に結んでしまう達人もいて、ご同慶の至りですといいたくなるが、時代が移って、もし本質的にそういった抜き差しならない状況になお自分を追い込もうとしている人があるとすれば、その志向するところが本質的であるがゆえに彼らは偏向性格者の部類に入れなくてはならないだろう。この点、捨てなければならない詩作や飲酒の行為は、サディズムおよびマゾヒズムと無縁でない。詩作者と飲酒者の違いは、単に精神上の生産者と消費者の相違に過ぎず、売れない詩の表現は、経済的には生産者の行為ですらありえない。にもかかわらず、人間をパンだけでは生きられない不幸な経済動物と認めてしまえば自身と他者の関係をダイレクトに把握しようとする偏向性格者の行為は、それだけで十分に社会的な出来事の資格を持つ。これがもう一つの考え方だ。

私の場合は、注釈なしにいえば前者である。

それは、少なくとも詩を捨てた時点において、私が詩人でなかったことを意味している。詩人でない私が、ではなぜこうして詩集を上梓しなくてはならないのだろうか。ここはおもに自分自身に対して（むろんどなたか聞いてくれても構いませんよ）しっかりと白黒をつけておきたい。

このアンソロジーの由来は、つまり十七年前に遡る。昭和五十六年八月に東京神田神保町の沖積社から出版した『空室あり』がその原型になっている。数えてそれは私の三番目の詩集にあたるが、一冊目と二冊目はまだ十代の作品集であって、世間並みに定価など入れて書店で売ったものとしては、まがりなりにもそれが第一作となる。『サイドキック』は改訂版という位置にくるだろうか。

詩集の刊行が、そのまま詩作の断念につながった例を、自分のような無名の作家の場合を含めて、私自身たくさん知っている。また詩作の断念という現象については、先に一般論として私なりに簡単な分析を試みた。そこで、詩作を断念した私自身の場合に少し踏み込んでみる。当然、私は一篇の詩も書かなかったが、ほぼ十七年のあいだ、誰の詩も一切読まなかった。交流のあった数少ない詩の理解者とも、ほとんど一方的に連絡を断ってしまった。売れ残った自分の詩集を読み返すでなく、アピールするでなく、詩アレルギーというか（エネルギーではありません）詩という言葉を人前で口にすることに強い抵抗を覚えたものだ。一種の「こだわりの状態」といっていいかもしれない。否定的な傾向への、強いこだわり。要するに私は、否定的に、詩との関係を保っていたのである。

転機は遅くやってきた。その時、私は二十年勤めた会社を辞めようとしていた。平成十年の二月、四十九歳の誕生日の頃である。定年までまだ十年ちょっと残っていた。他の生活基盤を持っていたわけではない。転職先があるわけでもない蓄えがあるわけでもないし特別才能があるわけでもない。しかし私は会社を辞めることにあえてこだわっていた。夜毎、おかしな夢を見た。暗くて青い空中にいる。自転車を右手で肩から背に担いで、顔を上げて、梯子をよじ登っている。あるいは梯子を、肩から背に担いで、顔を上げて崖をよじ登っている。暗い無人の高速道路。そこを封鎖しているおびただしい樽の形。ゆるゆると高い座席で大きな乗り物を運転している。夢の中で無性に眠たい。赤いイルミネーションが点滅して、近づいてくる。暗い運転席ごとかぶさっていくが、金縛りにあった目はひらこうとしてひらかない。あるいは明るく目が覚めて、クリスマスの雑踏を歩いている。救世軍の制服を着た異様に鼻のとがった若い女がかたわらにいて、胸に吊した鼓笛隊の太鼓を叩きながら、歌っている。ドンドン、懺悔しなさい、ドンドンドン、悔い改めなさい、そんなリズムを、アリスの国のブリキのおもちゃみたいに反復している。ときおりそのリズムからはずれて、まとまった文章が、ふっと普通の日本人の顔にもどった女の顔からこちらに伝わってくる。それは、ある日常の生活習慣が、世紀末の人間社会の致命的な欠陥になっていて、うやむやにそれを続けていると一生後悔する羽目になる、といった内容で、私はしばし黙ってうなずいているが、よく見ると、歌っている女の顔は、どうも男の顔だ。いや、そうではない。それは私だ。ブリキのおもちゃで武装した自分がいる。雑踏に向かってモゴモゴと声を絞っているのはこの私だ。こだわりはしだいに疑いようもなくなって、ある日突然、私は天の啓示を受けた人のように会社を辞めた。

天の啓示の信憑性はひとまず措くとして、その時のこだわりとは、どんな性質のものだったのだろうか。私はそれが、前に述べた否定的な傾向へのこだわりとは異質のものであったと確信している。人間のこだわりは実に奇妙で、どこか刺青に似ていると思うが、はたして会社を辞める行為は否定的な行為かそれとも肯定的な行為かどちらだろうか、と考える時、私としては、天の啓示を受けた人の行為はおおむね肯定的ですよ、と呑気な結論を導くしかない。否定的な行為は何も生み出さない行為であって、否定的な事象がそこにあるのならさらにそれを否定するくらいの自由が私たちにはあってもよい。否定の否定は、常に肯定だからだ。私は真新しい風呂の湯に首までつかって、この筋道を何度もよく反芻した。そして何度も一人でよく笑った。

家の中を見回すと、環境がだんだん肯定的になってくる。苦労をかけた奥さんがいる。ヤマガタの絵とクレーの絵がある。コンピュータが三台、それに家具家電が少々。けっこう物持ちじゃないか。種々雑多なおびただしい書籍に混じって自分の小さな詩集も見つかった。約十七年ぶりの対面だ。ぱらぱらとめくり、それから一頁一頁じわじわと読んでいく。読んでいく内に、じわじわと熱くなってきた。

おそらく詩を書く状況とは、こういう状況を指すのであろう。おそらく詩を読む状況も、こういう状況でなくてはならぬのだろう。私はここでまた、何事か芽生えはじめた強いこだわりを自分の内側に再認識し、天の啓示もあながち捨てたものではなかった、と謙虚な気持になったのである。私は、こだわる人間なのだ。

『空室あり』のいくつかの詩篇は、その詩集の中でおよそ完結していた。しかし、より多くの詩篇が未完のまま収録されている。十七年の歳月は、図らずも私に私自身を他者の目で評価する特殊な技能を与えた。幸いである。私はこれらの詩篇の完結を一つの責務として感じるようになり、小さな詩集の中に十七年眠っていたもう一人の自分を自分の手で蘇生させ解放したいと願うようになった。『サイドキック』の上梓に至った理由のすべてはそこにある。

そういいながら、詩の世界に立ち入る恐怖を、今完全にぬぐい去れたかどうか、正直いって自信はない。純粋に編集者の立場で個々の作品に修正を加えたからこそ、『サイドキック』は第一版としてここに存在する。これからも私は編集者の視線でその一部始終を見、それが完結するまで見守ろうとひそかに心に決めている。そうした過程のどこかで、もし私が変な具合に詩人になったとすれば、恐怖はすっかり消えていてそれはそれでいいではないかと思っている。

２００５年　内田平四郎

※20年程在籍した会社を１９９８年退職し零細なインターネット事業（有限会社新星座）へ踏み出そうとした時期に書かれた。いわば生活者として詩人としての再出発宣言である。

※文中「このアンソロジー」と呼ばれている詩集『サイドキック』は、形と重量を備えた本の形をとらずインターネット上で公開された。この一文はそのあとがきとして書かれた。

※この時のペンネーム「内田平四郎」は、冨永滋高校時代の詩友、故内田英夫氏（文中「交流のあった数少ない詩の理解者」）の姓と、自身の若年からの呼名（限られた関係の中での通称）平四郎を組み合わせて本人が自ら名乗った。

メモ

ちょっと書いてみる。メモ。
詩は最後の砦である。詩は映像でもなければ音楽でもなく、
詩はローカルな芸術である。詩のローカル性は、詩の唯一の普遍性である。
小さいものクラブの主な活動は、愚痴をこぼすことである。

※２００８年発行の詩集『蜘蛛の行い』のあとがきを考案中のメモ。
ちっちゃいものクラブとは、ＮＨＫアニメ「おじゃる丸」に登場する、文字通りちっちゃいものたちの集まりのこと。

カルガモは雨のふくらまんじゅうのココロだ〜

カルガモが眠っている。カルガモも夢を見るだろうか。

小雨の中を押して出た。出て来たものの、このまま歩くかどうか迷っている。歩きはじめて一年、６０００キロは歩いただろう。しかし、強い気持ちはいつも弱い気持ちに支えられているようで、あのように、無心な一本足の上に自分の全重量を預けることなど、とうてい及ばない。羽毛のふくらまんじゅうが雨の水面にある。無心が並んで映っている。

ちょうど一年前、２００９年3月24日に堤外日記を書きはじめた。日記といっても、ポケットに収まるＢ７サイズのメモ帳に、何時何分に家を出て、何時何分にどこそこへ来て、何をした、何を見た、寒い、暑い、そんなことが書いてある。朝目が覚めて、起き上がった寝床で理由もなく身の置き所がなく悲しい、そうした誰にもある事情が自分にもあって、不登校の少年のように、家をのがれ、毎朝うつうつと裏の土手へ上がった。堤外とは桂川の堤外である。その桂川へ合流する天神川に堤外人道橋という小さな橋があって、堤外日記と名付けた経緯を、欄干に挟まれた、と書いている。

実際、家をのがれ、毎朝うつうつと久世橋の土手へ上がり、堤外人道橋を渡り、桂川の左岸右岸を嵐山まで歩くことになった。道があり、行って帰る、ただそれだけのひたすらごとがはじまった。往復約18キロ、黒飴二個とパン一個を持って出たので、飴食って血固まる、の駄洒落も見えるが、日記の冒頭には、侘びながら願いながら、とある。切実だった。

さて、一年たったのを機に、書き溜めたもの、写し溜めたもの、拾い溜めたもの、それらを整理し、分類し、注釈し、時空系列の刻印として、どこかに保管しておきたいと思うようになった。欲だろうか。欲だろう。欲だろうね。依然、気持ちは散らかったままなのに。

歩行は現在も続いている。つまり、過去形と進行形が、たとえば水底と水底から舞い上がる泥のような関係を得て、まだ誰も来ない春先のプールの中にある。かくして、枯葉の浮いたイメージの水面を覗いたり触ったりしながら、裸になる前に裸の言葉が陳列されるほど恥ずかしいデビューはない、と悟った今、キーボードから手を放し、遠い本当の水面の静かなカルガモの一本足に、ここは、ひとまず、頼ることにした。

２０１０年３月24日

パパ文化論

歩きながら「パパ文化論」なんてどうだろうか、ふとそう考える、東京の文化人は、娘には「パパ」と呼ばれている、表向きは、思想、哲学、批評、芸術、厳しいことをのたまうのに、内向きでは「パパパパ」だ、そうした安っぽい二重構造が、東京を中心とした日本文化の構造的欠陥として、あるのではないか、思い出した順にいうと、まず黒澤明、テレビの追悼番組で、娘がしきりにパパパパを連発し、バカぶりを発揮していた、公共放送も全く気にしない文化レベル、普通「父が」とかいうだろうキャバレーじゃあるまいし、黒澤天皇と呼ばれた男の家庭を含めた二重性、次は、小説家の城山三郎、これもNHKの番組で、これは娘も女房もパパパパパパパだ、東京の人って、変だ、最近では井上ひさしか、劇団を継いだ娘がやはりパパ段活用していた、パパが何して何する時、そしてしんがりはあの吉本隆明、この娘も（小説家だったか）パパパパだもんね、がっかりする、その他も多分、これからも多分、一体どうした構造なのだろう、文化人の娘たちが、躾けもなく、自然にバカっぽく育てられているのは、一種の「女」だから放任して許す、そうした自然発生的な潜在差別意識があるのだろうか、身内に放恣な「ユルイ部分」を残しておく、そのユルイ部分に支えられて生きている、実に弱い部分にである、放置された思想というべきか、それが江戸文化の基盤だ、表向きには息子に「パパ」などと呼ばせないだろうよ、世間体もあるし、文化人だし、しかし娘には表向きにもそう呼ばせることが出来る、それがユルイ自慢だ、自分はその中にいず、入れてもらえないが、娘がいる、ちょうど幕府を頂く江戸の町民のように、つまり表向きと内内が違うのだ。

２０１２年４月19日（木）

悪文

20日の天声人語にセンター入試の国語が過去最低の平均点に沈む結果になったとありその犯人と目されるのが小林秀雄の難解？な随想であると指摘していました。当方も小林秀雄が嫌いなのでなぜこうした偽物の文章が脚注を21個も付けて入試問題の第一問に50点の配点で置かれるのか「〈嫌いもの〉好き」がいるとしか思えない。難渋な悪文で国語の器量をはかるのはそれ自体が国語の衰退でしょう。

天声人語は小林の別の随想「秋」の一文を（分かるような分からぬようなものとして）引いている。「万人にとっては、時は経つのかも知れないが、私達めいめいは、蟇口でも落とすような具合に時を紛失する。紛失する上手下手が即ち時そのものだ」「そして、どうやら上手に失った過去とは、上手に得る未来の事らしい」。何て大雑把な下世話な下手糞な文章だろう。きょうまたふっとその新聞に目が留まって腹立たしくなりました。

２０１３年2月22日（金）＠平四郎

※「＠平四郎」は妻へのメールに用いた本人のサインである。IIIに収録した文章の内、このサインのないものは日記からの転載である。

美術 ＝ 西洋と日本

兵庫県立美術館入館。レンピッカ展も開催中だが、こちらは別料金となるので、入れない、麗子展は朝日メイトで無料、３Ｆまでエレベータで上がる、会場に入る、明治時代の洋画から並ぶ、一見して思うこと、「宗教がない」その歴史的事実（それは現在まで続いている）、その事実を目の当たりにする、ボストン美術館展の絵画と、それが決定的に違うのだと思う、人を描いていても、風景を描いていても、作者には多分何を描いているのか分からない、そういった印象だ、見ている側の自分には、見ている喜びというより、見ている不安が常にある、絵を支えている信念のようなものがなく、見ている側にもその信念がなく、互いに確固として向き合う部分がない、その点、対象の存在感が作者の信念を上回っているもの、たとえば麗子像などは、辛うじて絵画として成立している、つまりそれは作者が何を描いているのか「分かっている」ということだ、一方、フランスに永住したフジタの絵などは美しく洗練されている感じがする、しかし、やはり、それは、西洋の宗教観が「見えなくなるほど」洗練された、というに過ぎない、最後のブースに来て、圧倒された、最後のブースは「日本画」である、これは日本人の絵だ、宗教がない、宗教がないという次元で成り立つ、日本人の絵なのだ、美しく、美しい以上に、非常な安心感がある。

２０１０年７月18日（水）

先日「恐ろしいのに美しいフランシス・ベーコン」をＮＨＫ日曜美術館でやっていて大江健三郎が珍しく企画中の東京国立近代美術館ギャラリーにコメンテータとして現われました。実に文脈のしっかりした口調で垢抜けた服装で異様に大きな顔面は変わりませんが政治でなく文学でなく「芸術について」予想外に強い意思表示があって感心しました。しかし一方なぜこうも大江の頭は「西洋」なのか。「西洋」は「当然」か。そうした疑問を持ちました。漱石と比較して大江の持つ欺瞞それへの不満を書き掛けたのですが嫌になって止めました。なぜなら書きながらＢＳ歴史館「千利休、天下統一の陰で」をチラッと見て解説諸氏の熱心な近代日本史への恋慕。なぜかくも「日本」は「当然」なのか。「西洋」と「日本」が入れ替わってしまうのはなぜか。上から読んでも下から読んでも同じ文化。回文の嫌悪を覚えたからです。

２０１３年５月９日（日）＠平四郎

サクラとコメと日本人

清涼寺から広沢池までの道は、大覚寺からはっきり車道になるが、山側の田んぼが非常に明るく開けて、麗しい、よく見ると、コメの花が咲いている。コメの花は2時間ほどしか咲かないと聞く、自己愛が強く、自家受粉以外望まないのだという。

２０１２年8月8日（水）

朝ベランダのカーテンを開けるとサクラが一本まだ盛大に咲いているのが見えます。二号館のサクラです。盛大ですがあのサクラも「種なし」です。ソメイヨシノはタネが出来ないためタネで増えません。なぜタネが出来ないのでしょう。受精しないからです。自家不和合性といって自家受精しない性質です。（自己愛のイネと反対です）。つまりすべてクローンであるソメイヨシノは回りのソメイヨシノを「みな自分自身と認識する」ために受精しないのです。そうしたサクラが自分は人がいうほど好きではありません。あの淡泊な色合いは「愛欲のなさ」の現われです。西行法師の歌などとは無縁です。１９０１年にソメイヨシノと命名されて以来この哀れな「種なし」は薄情や脱個性がまるで自然の（民草たる日本人の）成り行きであるが如く明治以降「人の手で」増殖したのです。

２０１３年４月12日（土）＠平四郎

輪郭

寒夜遇う輪郭悉く生きている

２０１３年2月20日（土）＠平四郎

先日下手な「輪郭」の句を送りました。滋賀の帰り夜の久世橋に上がる坂道でオレンジ色の街灯に自転車のおっさんの顔が照らされながらすれ違った刹那の印象です。実は「輪郭」という言葉が先に心にありました。心に引っ掛かっていたその言葉から夜道の表情に緊張のようなものが走ったのです。「先にあった輪郭」とは何かといえば二つあります。どちらもＮＨＫの日曜美術館に出た画家の話です。あなたのあとがきのヒントになるかも知れません。分かりません。

①一つは「いのちに触れた筆~日本画家・高山辰雄~」です。生物学の福岡伸一がゲストであるように生命の宇宙観を描いた画家です。点を執拗に重ねその結果絵に輪郭がありません。人物にもありません。例えば黒い子供が低い飯台に被さって一心に食事している。輪郭のない黒い子供の背景が天井にかけて赤く酸化していて子供の取り込んだ滋養がそのまま部屋に拡散

しているそういう絵です。「食事は悲しいね」。それが画家の視線です。仏教の宇宙観です。

②もう一つは「洋画家・絹谷幸二〜祈りのカンバス無著・世親菩薩への挑戦〜」です。フレスコ画を基調にした独特の描き方で張りぼての顔からヒコーキが飛んでいたり和風ピカソの作風です。70歳になり幼少から慣れ親しんだ奈良への回帰というかいつか挑戦したいモチーフであったという国宝無著・世親菩薩のスケッチから画家の思いが始まります。東京のアトリエで絵具を垂らしたり弾いたり壊しては塗り壊しては塗り悪戦苦闘のぐちゃぐちゃの絵の中からいつの間にかあの悲しげな菩薩二人が生きているように浮き上がって来たのには驚きました。そして浮き上がった菩薩には輪郭がありません。画家は輪郭に当たる部分にテープを貼りウルトラマリンブルーの背景を流し込んだのです。一瞬それは最初の高山辰雄とは正反対のインチキ臭い手法に見えました。しかし画家は出来上がった２００号の菩薩にさらに黒の輪郭を入れ始めたのです。「形あるものは必ず滅ぶ」「しかし形あるものは必ず滅ばない」「そうに違いないと思わせる強い願いが無著・世親菩薩に感じられる」「その輪郭を描くのが私の仕事です」。テレビの画面に涙が滲んでいる。これも仏教の宇宙観です。

要約すれば自分の考えの変転の中で①の立場に成熟して来たのだと思っていたら②の立場が「菩薩の立場」としてあるというのです。詩を書くことも短歌を書くことも俳句を書くことも「存在の〈輪郭〉を残す願い」なのではないか。仏に逆らわない意味が見えたような気がしたのです。

2013年4月23日（火）@平四郎

漱石の本 ＝ 本を作る

ＮＨＫの「１００分de名著」。今回は漱石の「こころ」でした。ダビングしながらフランケルの「夜と霧」の感動（絶望感）とは明らかに違う感動（日本人の絶望感）があり漱石の凄さに改めて身震いする思いでした。そのテレビの画面の司会者の前に単行本（文庫本は６７０万部。それではない「こころ」の装丁本）がいくつか並べてありその中の一冊に目が留まりました。遠くからなので定かではありませんが和本の感じです。濃紺の背景に菊花のような白いデザインが浮き上がって題紙に「こころ」と縦に書かれてあります。目に留まったのはその題紙の位置です。本の左上でなく「右上」なのです。新星座のはどれも左上ですが「右上」というのもちょっと意外な落ち着きがあって新鮮でした。如何でしょうか？

２０１３年5月2日（月）＠平四郎

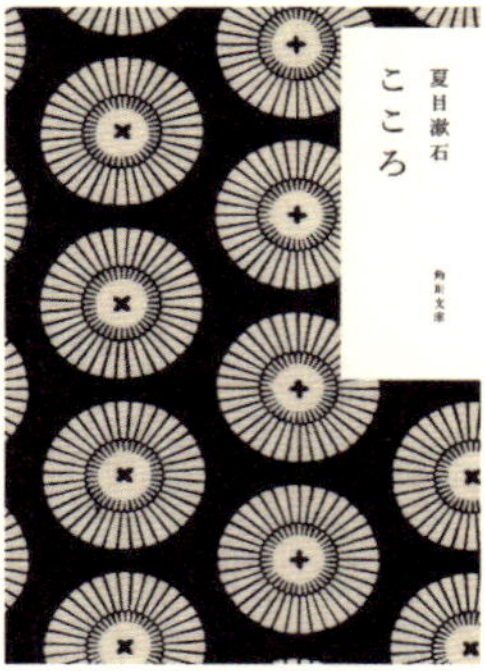

角川文庫

朝日新聞の夕刊に「本をたどって」という連載が始まってきょうで二回目。「装丁が私を見ている」と題があって横に見たような本のカラー写真がある。オレンジ色に中国古文字の並んだヤツ。一度見たら忘れない漱石全集のアレですよ。しかしアレは実は「こころ」の初版本（1914年岩波）の装丁なのです。驚いてはいけませんよ。実はアレは漱石自身がデザインしたものです。中国の石鼓文の拓本を元に「自分でやる気になった」と「こころ」の序文に書いてある。そればかりか実は見返し・扉・箱絵みな漱石自作の南画なのです。体裁ばかりでない。実は「こころ」の初版は自費出版なのです。岩波書店を始めたばかりの岩波茂雄に頼まれ漱石が自費で出版した。元気が出るじゃないですか。これから本を「作って」出そうとする者にとっては。（文中「実は」を並べたのは実はこの件全く自分は知らなかったからであります）

添付の画像。見覚えがあるでしょう。岩波の漱石全集です。高校生の頃か中学生の頃か誰かの家にあったのです。田本君だったか誰だったか。自分の家にそうした高尚な文学全集はなかったので妙に淋しい劣等感を持った記憶があります。近寄りがたい知性のような。それでいて脳裏に照る夕日のようなな。今にして思えば初めて対面した日本（無縁の日本）だったのでしょう。

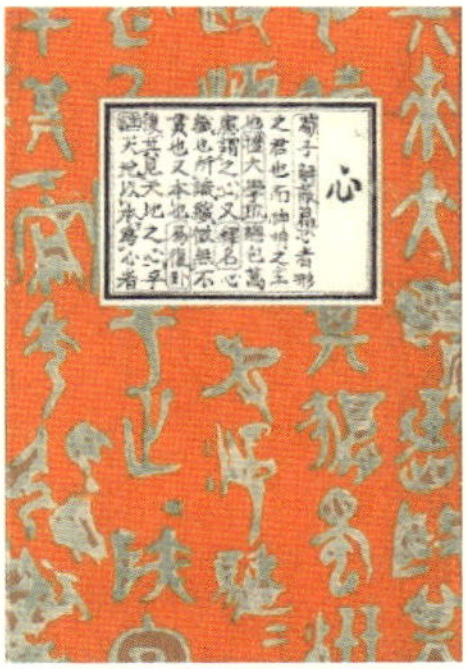

岩波書店

2013年5月8日（土）＠平四郎

「武井武雄（1894-1983）の世界展」（最終日）を見に行って来ました。童画というジャンルを作った画家です。童画というだけあって絵本や童話の挿絵が大半で色気のあるものはありません。一枚二枚裸体を描いたのもあるにはありますがそれは注意しなければそれとは分かりません。どこか教訓染みて小さく申し訳なさそうに並べてあります。全体大人の描いた子供向けの絵。しかし高級過ぎて子供が好きそうにも思えません。ただ一点目を引いたのは「刊本作品」なる一群です。本です。和本も洋本もあります。本の宝石と呼ばれるそうです。全部で１３９点。一回ごと異なる技法と素材を用い絵も文もすべて武井武雄のオリジナル。例えば洋本は実際のパピルスを植えて作った実際のパピルスで出来ているといった凝りようです。和本は小型ですが上品な出来栄えでこれなら一冊数千円で売っても罪にはならない。武井の場合値段がいくらか知れませんが実費で売ったそうです。予約に何カ月も掛かり「予約の予約」というのもあったそうでそれをナントカというのだけれど忘れました。とにかくこの刊本作品に一つの方向性を感じました。方向性とは自分らの本をこのように表紙絵からデザインから版組から全部自分らの気に入った手造りで出してみたい。そういうことです。売価は数千円でも数万円でも構わない。銅版画なんかも勉強して。まあ考えといて下さい。どっちみち製本は自分には無理なので。

２０１４年5月19日@平四郎

※「新星座」は作者が妻と起業したささやかなインターネット事業の会社の社名（1998年〜2013年）。2007年には出版業にも踏み出した。これは翌2008年に詩集『蜘蛛の行い』の刊行を目指していたため、ISBNの取得、印刷、製本から出版まで全ての作業を自前でこなすことで資金不足を補おうという窮余の策だった。図らずも紙による出版への方向性に希望を感じたという点で意味があった。

薄情文化論

常々考える日本人の「薄情」（薄情文化）について朝「高野山新報」を読んでいてふと思い当ったので書いておきます。

昨今の朝日新聞の無害広告のような文面と違い「高野山新報」には（むろん行事に関する比率は大きいですが）その連載物にかなり突っ込んだ文明批評があります。中でも六月で第五回目になる「入唐見聞録」はとても初耳な内容で面白いです。以前紹介したかも知れませんが帰京したらぜひ読んで頂きたい。

話題は二点です。

日本ではいつの時代からか「他人に迷惑を掛けない」ことが普通の道徳観ですが中国では「他人に頼られる（他人に迷惑を掛けられる。相対的に互いに他人に迷惑を掛ける）」ことがこれまた普通の道徳観です。日本では友人の友人は面識がなければ他人ですが中国では友人の友人はたとえ面識がなくても友人です。これを面子と呼ぶらしい。店のレジで口論しているのはお前が払えではなくおれが払う（おれのメンツを立てろ）です。ワリカンはありえず払ってくれてお礼をいおうものなら「見外了不客気（他人行儀だぞ水臭いことはやめろ）」とたしなめられる。口先だけのお礼など「他人行儀」以外の何物でもないのです。つまり「中国では人と人がものすごい近距離で付き合っています」というのです。この下りは実に目の前に生の人の顔が見えるようです。これって中学とか高校とか自分たちがまだ青春だった頃（生粋の田舎者だった頃）の日本人に近い気がする。逆にいえばプライバシー（西洋文化の概念。都会文化の概念）が中国人には当然希薄なので言葉がダイレクトに非常に耳煩い。思うにダイレクトな言葉を非常に耳煩く感じるくらい日本人は他人行儀で人と人の関係が水臭く「薄情」になったのです。これは自分も含め日本人がアジア人を離れなお粛々と加速度的に西洋化されていることを意味します。

日差しは夏です。法輪寺への道順を考え西京極総合運動公園から上野橋へ出て土手道のいつもの大きな樹の下に差し掛かると小さいお婆さんが日陰で空き缶の仕分けをしています。あれ休めないやと思いながらそのまま歩くと後ろで車の騒々しいホーンの音がします。お婆さんです。両手に大きな袋を提げて通行の邪魔なのです。薄情な日本人は容赦ありません。見兼ねて自分も提げる格好をジェスチャーして見せると車は大回りして行きました。後戻りしてお婆さんに「重たいやろ。持って上げる。あそこまでやろ」というとお婆さんは真っ黒な手から黙って袋を渡してくれました。あそこまでとは先にある廃品回収所です。袋は嵩張りますが大して重くありません。しばらく前後に二人並んで行きました。しかし急にお婆さんは立ち止まり「ここで待ってる」といいます。どうやら廃品回収所の誰かと勘違いしているようです。「一緒に行こいな。お金もらわなアカンやろ」と促すとまた歩き始め「300円やろか200円やろか」といいます。「よー頑張ったやん」というと「ふうん」といい廃品回収所に着いてさてどうしようかと思う間もなく中から若い人が出て来て「ありがとう」といいました。これが日本人ならほかに色々いうだろうと思い袋を渡しながら「お願いします」と自分もひとことといいました。お婆さんは手に持っていた余りのビール缶を袋の口から詰め込んでいます。そのお婆さんを残してどんどん行きました。どんどん行き切れず途中で住宅の方へ曲がって下りて行くと涙が込み上げて来て訳が分かりません。わんわん泣きながら母か母の母か母の母の母かなどといいながら観音さんかと気付いてやっと治まりました。

2013年6月5日（水）@平四郎

いやあどうも。悪かったですね。甘えてついそのまま書くもんで。

また気にするかも知れませんが多分あなたも私も薄情の中にいます。涙が出るのはあなたの場合も私の場合も同じ薄情の中にいるからでしょう。

私が変化した観音さんに会う時はほとんど無意識です。突然その相手に出会います。私の場合すべて女性です。雨に傘をさした子供であったり昨日のようにお婆さんだったり。引き合わされていて自分の考えというものがなく話をすれば否定されることがありません。柔らかで違和感が全くありません。そのあと我に帰るというかあとになってその場に観音さんがいたのだと実感します。薄情に対する慈愛。後悔に対する救済。そういった感じがあとになって薄情も慈愛も後悔も救済も同時にいっぺんに溢れて来て押し流されます。ある意味これは非常に辛いことです。

２０１３年６月６日（木）＠平四郎

秋の朝

貴女を送った日桂川駅の二階連絡通路を通ってイオンへ回ったら閉まってて9時からと書いてある。ターミナルは混雑しているのにそこだけ廃墟のようにヒッソリ閑として厚かましいのです。その足で裏道を歩いていつものように光福寺へ回りました。誰もいない境内で所定の神様と仏様を拝みました。目が溶けそうに眠く水中メガネを掛けてるような感じで周囲が動きます。水平に見渡して頭を止めてもまだ動いています。軽い目眩です。緑がダダ広く右にズームし朝の光がその緑を浸食しながら明らかに遅れて動きます。晴天であるのに気付きました。しばらく見上げていると小さい境内でも樹木は大きく特に神木の楠でしょうか青い空に巨大な深いフトコロを作っています。山門脇の光の墓を眺めるのも好きです。寺を後にしてダイエー横の川沿いに出ると明るい東南アジア系の女性達はおらず静かです。静かな耳の中でポチャンと音がします。小魚がいるのかな。跳ねたかな。見れば汗をかいて上がって来たのはカワセミでした。何もこんな川で朝食しなくても。注意しようとしたら怒って川面を低く飛んでってしまいました。ハイツに戻ると車の下から子ネコが何匹も出て遊んでいます。おっかさんはタイヤの横にいて話しかけると口を開けてニャアアアア。その合図で子ネコは車の下にトンズラ。

おっかさんはこちらを無視して（意識して）やたら自分の体を舐め始めました。朝のネコは綺麗です。秋の朝には秋の朝の珍しい世界があるようです。

２０１４年10月30日@平四郎

編集後記

詩集『マッチ箱の舟』は２００９年前後より２０１４年までの作品を収録した。

分類Ⅰは、完成した作品十二篇である。分類Ⅱの十四篇は未完成の作品群である。未完成のまま上梓する理由は、作者が詩集の取り纏めに着手した矢先に急な病を得、そのまま逝かねばならなかったからだ。分類Ⅲは、同じ時期に書き残した膨大な随想、メール等から編集者が選び出した。

この期間、詩人は深刻な鬱屈状態にあり、春夏秋冬ほぼ毎日、家出のごとく「侘びながら願いながら（Ⅲカルガモは雨のふくらまんじゅうのココロだ〜）、ひたすら歩く」日々であった。寒暑や晴雨を問わなかった。道筋は桂川に架かる久世橋際の自宅から嵐山まで北上する土手道を主なコースとして、季節・天候・行事・時々の気分次第で、仁和寺まで、淀競馬場まで、京都市中及び近郊の路地路地など、往復20キロ前後の道のりだった。ひたすら歩く中で言葉を捉え関係を見詰め直し事態を克服しようと苦闘していた。京阪神の美術展を多く巡り歩いたのも仏教に傾倒したのもこの頃である。机上には理趣経などの経典が置かれるようになった。さらには、拠所無い事情のため妻が月のおよそ半分は自宅を空ける期間が挟まれ、足かけ3年間、初めての独居生活を経験したりもした。自分には少年期から多少鬱の傾向があったと本人は言っていたが、それを別にするとこの時期は彼の生涯にかつて見られなかった変調の日常であった。

道々書き留めたメモは黒い小さな手帳数十冊になる。いずれも汗と握力で拉がれ皺んでいる。文字は容易に判読できない歩きながらの走り書きである。メモ全体を仮に『堤外日記』と題して、俳句や小品を書き溜めてもいた。「堤」とは京都市西部を流れる桂川とその傍流天神川の両岸のことである。『マッチ箱の舟』に収録された詩と文章の大半はこの手帳から生まれた。

以下、Ⅱ及びⅢの内容について少し説明を添えさせて頂く。

Ⅱは、パソコンに残された原稿に〈未〉のマークが入っていた詩篇である。

一口に未完成と言っても、ほとんど仕上がっていると思える作品から「草稿、覚書」の段階に見えるものまで、その程度にはかなり差がある。同じ数行が作品中に繰り返し現われたり、読点の打ち方が無頓着であったりもする。緻密に仕上げられたⅠ所収の詩篇とは対照的でありそのまま上梓することに臆しないではいられなかった。しかし作者ならぬ者には結局いかなる意味においても手出しの仕様がなかった。確かなことは、Ⅱは書かれたもの全体が、左右の足をただ愚かしく交互に前へ押し出すという途方もない繰り返し動作に直接繋がっていることだ。行脚の中で行きつ戻りつの思念の前景に立ち上がった言葉は嗚咽のようである。仕上げの鑿の入らない詩句の断片の羅列は、その足運びや喘ぎや風に冷やされる汗の肌までが読み手に直に伝わり、図らずも詩人が現実に歩き倒した一歩一歩、一語一語の反芻に連れ立っているかのような感覚を覚えないだろうか。単に書きなぐって放置していた紙屑だとはとても言えないのである。だとすれば、これはまるごとこのままでいいのではないだろうか。要するにどう仕様もないのだ。いずれにしても未完成の作品を読者の前に呈出するのは非礼であることに違いない。読者と作者の両方に対して深く詫びなくてはならない。詫びながら思い切って差し出してしまうことにする。

「堤外より」の初段、すなわち第一行から第二十六行までは、２００８年発行の詩集『蜘蛛の行い』がＮＰＯ法人自費出版ネットワークの日本自費出版文化賞特別賞を受賞した際、年鑑２００９へ寄稿するため「堤外日記の中の一日」と題して少し形を変えて抜粋された。

この段では、一歩が一語であるかのように頻繁に読点が打たれていて奇異に見えるものもあるが、そのままにした。明らかに入力ミスと思われる部分と、詩篇内で統一のとれない句読点の打ち方をされている箇所は、編集者の責任で若干の補正を加えた。

Ⅲは随想抄である。

「捨てる神あれば」と「カルガモは雨のふくらまんじゅうのココロだ～」の表題は、本人による。それ以外は、出典がメールや『堤外日記』の一文であったりするのでもともと表題などないのだが、構成の便宜上編集者が付けたタグで、なるべく大げさにならないよう心掛けたつもりである。この詩集の背景となる詩人の肉声を聞いて貰えたらとの願いから、本人が書くことが出来なかったあとがきに替わるものとして敢えて掲載することにした。「詩集のことは、出すも出さないも含めて後の者に任せる」と彼は言い残した。「任された後の者」として、そこは任せてもらうことにする。

文末に「@平四郎」のサインのあるものは、介護のため長期帰省中の妻へのメールである。

詩人自身が刊行へ向けての作業に着手していたのであるから、この詩集が「遺稿集」と見做されるのは適当でないし本意でない。本人に時間があったなら、未完の作品群が未完のままで上梓されるはずはなく、装幀にあたっても、用紙の質から表紙の意匠まで美的欲求を心ゆくまで尽くして目を見張るような一冊を仕上げたに違いない。詩作は苦行であったろうが、装幀やデザインは本人が愉しんでするところであったから。

彼は作品によっては完成に20年30年もかかるこだわりの強い寡作の詩人であった。そのことが、なかなか発行に漕ぎつけられない主原因だったのだが。生涯に四・五篇も成し遂げられればいい、それが本当の所だろうとも言っていた。彼はオノマトペの達人で駄洒落の名手であった。(勤労者であった期間を除いて)ほとんど他者と接触を求めなかったが、彼の人間嫌いは稚気とも見える底抜けの人間信頼の裏返しであったと思う。編集者は、冨永滋という稀有な詩人の詩業と生活のすぐ傍らにいて、その若年から老齢に至るまでを同伴して来た者であるが、学んで学べることと学べないことがあるのを思い知らされた。任された仕事に対して力量の及ばないことを切に恥ずかしく思う。ただ、名もない市井の詩人ではあったが、その読者が伴侶ただ一人というのは我慢ならないことである。この本はここでじっと待っている。

２０１７年11月　編集者　冨永多津子

〒６０１−８３８３ 京都市南区吉祥院石原長田町１−１ 桂川ハイツ５−１０５
tominaga@ssjp.net

著者略歴

冨永　滋（Tominaga Shigeru）

1949 年 2 月 27 日 熊本市に生まれる

1962 年頃（中学 1 年生）西脇順三郎の詩「秋」に触発され詩作開始

1966 年　同人「痴者」結成
　　　　詩集『珈琲』（故内田英夫氏との共著）

1969 年　詩集『幼い恋』私家版

1981 年　詩集『空室あり』沖積社

1998 年　有限会社新星座設立（～ 2014 年解散）
　　　　詩集『サイドキック』（インターネット版）

2008 年　詩集『蜘蛛の行い』新星座　第 12 回日本自費出版文化賞特別賞

2015 年 11 月 24 日 京都市にて死去

2018 年　詩集『マッチ箱の舟』風詠社

【机上机辺】

西脇順三郎　金子光晴　会田綱雄　岩田宏　まど・みちお　吉行淳之介
秋元不死男　石田波郷　西東三鬼　斎藤茂吉　万葉集　理趣経　歳時記
ユリイカ　詩学　木村敏　西田幾多郎　イングマール・ベルイマン
ショパン　モーツァルト　バッハ　レイ・チャールズ　ボブ・ディラン
プラターズ　ビートルズ　美空ひばり　ちあきなおみ
パウル・クレー　ラウル・デュフィ　アンリ・マティス　ヒロ・ヤマガタ

詩集　マッチ箱の舟

2018年2月9日　第1刷発行

著　者　冨永　滋
発行人　大杉　剛
発行所　株式会社 風詠社
〒553-0001　大阪市福島区海老江 5-2-7
ニュー野田阪神ビル4階
TEL 06（6136）8657　http://fueisha.com/
発売元　株式会社 星雲社
〒112-0012 東京都文京区水道 1-3-30
TEL 03（3868）3275
装幀　冨永多津子
印刷・製本　シナノ印刷株式会社

ISBN978-4-434-24239-7 C0092